임연규 시집

노을 치마

미당문학사

우리 한 生을 돌같이 쓰다
한증막 '모래시계' 속 모래알이 되어
처음, 은하수로 쏟아지던 밀어密語
일섬一閃 시詩는
엄마가 담가 주시던 나박김치 같은
고향 나그네의 사투리였습니다.

　　　　　　　　　　— 「돌」 전문

목차

시인의 말

I. 낙숫물소리

II. 함박눈에 나를 묻고

III. 환하게 감자꽃 피네

IV. 산사에 연등 걸고

V. 노을빛 치마폭에

I. 낙숫물소리

숨은 꽃

어지렁 칠월 동동 팔월이라는
처서處暑 무렵
논두렁에 서서
개구리 울음도 쉿!
긴 담뱃대 뻑뻑 빨으시던
할아버지
그 담배 연기구름이 되는 사이
벼꽃이 피었다
이슬과 꽃의 번뇌에
저 영롱한 꽃
누구의 안부도 없이
짧게 머무는 2시간
꽃으로 오긴 와서
이 땅의 들판은 지금
벼꽃 향기롭기만 하다

조만간에

아주 생소한 이름처럼 가슴에 숨어 있던
그 말
전화를 끊고서 조만간에 보자는
살아 있다는 말
저 보름달과 초생달과 그믐달
사이쯤에 오고 있으면서
우리 生은 늘
'조만간' 이리는 사이 속에 있지 않았는가?
耳順에 이르러 삶도 시덥잖게 지나간 작달비처럼
소멸되고 또
더러는 죽은 벗의 이름을 불쑥
되뇌어 보다가도
찔레꽃 질 때쯤이면
뻐꾸기처럼 일생 타인의 둥지를 빌려 쓴
망각의 집을
아주 잃기도 하면서
조만간이라는 징검다리를
우리는 오늘도 놓지 않았는지

보리밭

立春날
추녀의 고드름을 씻고 나리는
낙숫물 소리를 베개 삼아 잠든
午睡
우리 가족 네 명은
눈 덮인 보리밭에 나가
선명한 대형 태극기
네 귀퉁이
건. 곤. 감. 리. 펼치고 있었다
그 보리밭 찬비 속에
하느님이 보우하사 우리나라
만세 만세 만세를
애기 보리들과 삼창하고 있었다

다슬기

간이 천막 몇 개가 그늘을 지우고 있어
오늘이 장날임을 알게 한다
만장 하나 따라가는 상여길 같이 쓸쓸한 장에서
며칠 전 홀로 된 고향 동무와
다슬기 해장국을 먹는다
맛집 소문을 듣고 찾아온 외지인의
땀 흘리는 사람들 틈에
희끗한 중년의 휑한 눈을 천장에 박으며
생전에 어머님이 하시던 말씀

"사내는 쩨쩨하게 이런 것 잡는 것 아녀,
큰일을 할 사람은 큰 고기를 잡아야 하는 겨."

다슬기를 잡다가 물살에 떠내려 간 고무신
끝내 찾지 못하고
돌아오던 강둑에 석양 노을은
지금도 삼삼한데

해장국에 담긴 조그만 다슬기나 빼먹으며
참으로 안녕하지 못한 대낮에
또 다시 술잔 기울이며
속만 푸누나

아내의 가을

아내와 오늘 막걸리를 마시고 있다
초등학교를 졸업하고 삼십 년 만에
아내의 모교가 내려다보이는 목로에서
유년의 세월을 적시고 있다

운동장에는 운동회를 연습하는
영차영차 응원 소리가 높고
왜 이렇게 운동장이 작아 보이냐고
아내가 묻는다
우리가 커다랗게 그리며 살아온 일은
다른 한켠이 작아지는 일

무싯날 한산한 장터를 손잡고 가며
아내가 살던 양조장은 이발소가 되어 주마등이 돌아가고
텃밭에서 날아온 고추잠자리가 맴도는
유년의 고향 하늘에는
아내의 가을이 깊어 있다

감꽃

'돈키호테' 와 '백 년 동안의 고독' 은
스페인어로 쓰여진 소설로
첫 문장은 '기억하다' 라는 동사로 시작된다고 한다
내가 최초로 혼자 길을 나선
가장 오래된 기억은
어느 여름날 빈집에서 놀다가
아장아장 마당을 나와 한참 고샅길을 내려가다
어느 나무 그늘에 어지러이 떨어진 꽃을 주워 먹었다
그 꽃은 감꽃이었다
내가 최초로 가장 먼 길을 나서
꽃을 주워 먹었으니
내 삶이 감꽃처럼 향기로워야 했을까
오늘 그 감나무 아래서
감꽃을 주워 맛본다

참깨

오늘도
한 세상 활개 치는
칠뜨기 배우보다
참깨 한 톨로 와서
朝夕때 마다
부처님 코도
벌렁 벌렁 하게
고소한
이름 하나로 와서

논두렁

우리의
이웃과 이웃이
어깨동무하고
길이란 길은
모두 뜻으로 이어져
굽으면 굽은 채로
곧으면 곧은 채로
시새움하지 않는다
동에서 서로
남에서 북으로
스크럼을 하고 있는
저 무너지지 않을
논두렁

정암사 가는 길

고한읍을 벗어나며
가는 세월 아무것도 아닌 우리가
낮술에 젖은 경칩驚蟄날
진눈깨비 내려 진창인 길을
발목을 묻으며 철벅철벅
낯선 동행과 입을 열면
쓸데없는 말만 튀어나오네
그날이 吉日이었을까
연규야!
나 사망 원인이 뭐냐?
병원을 들어서며 아버지가 가벼운 치매로
내게 다그쳐 물으시던 말씀
고개 들어 앞을 바라보면
폭설에 깡냉으로 버티던
일주문 밖 전나무도 한 겨울 동안
무겁게 걸친 흰 외투를 벗어버리듯
털썩 털썩 낙화하는 설화

나를 묻어다오
열반의 길 접어가고 있네
부처님 진신사리 모셨다는
정암사 적멸보궁
달랑 방석 하나
아버지 앉으세요
사망 원인이
吉日이랍니다

슬픈 세월

91세의 어머니가 응급실에서
'슬픈 세월' 이라고
자꾸 푸념을 하고 있다는
도반道伴과 전화 통화를 끝내고
먹먹해서 창백한 섣달 보름달을 보고 있다
누구에게나 어느 시점에서는 맞이해야 할
고아孤兒가 되는 날
슬픈 세월
그걸 지금 어떻게 설명 할 수 있을까
못 사는 친정 보다 가을 산이 더 낫다고
뜬금없이 보름달에게 객쩍게 시비 걸기로
슬픈 세월
자꾸 눈뜨면 지나가니까
그래서 옛날은 가는 게 아니고
오는 것 아니겠냐고
벚꽃 지는 봄 날 화개장에서
술잔에 화려하게 내려앉는

꽃의 눈물을 잊었던가
아랫말 하동사람이나 윗말 구례사람이나
우리는 집행유예 된 한낮에
저 서늘하게 외로운 낮달에게
술 한 잔 올려야 하지 않겠냐고
그 날이 오면
귀로 눈물 흘리는 날이니
슬픈 세월에
나는 지금 낙서를 하고 있다

주꾸미

주꾸미 한 접시를 앞에 놓고
물 빠진 검은 갯벌을 바라본다
주꾸미를 잡기 위해 바다 속 그물에
소라 고둥 껍데기를 달아 놓으면
주꾸미는 껍데기 속에 들어가
난생 처음 마련한
구중궁궐 못지않은 횡재한 집이다
운수 사나운 날 날벼락 같이 그물이
수평선 위 허공으로 떠올려지면
햇살에 시린 눈 데이면서도
집만은 결코 놓을 수 없다고
꿈에서 깨지 못했다
꼬물꼬물 허공을 붙잡는
토막 난 몸은 바다를 향하고
갯벌은 차오르는 밀물이
그림자 없는 물거품으로 지워지고 있다

X-ray

실로 얼마만인가?
나를 위해 병원 문을 밀고 들어선 게
수없이 무너져 누웠을
엑스레이 침대에 누워 불안하게 눈을 감았다
창 밖에 장맛비는 어둠을 사선으로 가르고
엑스레이 사진 받아
긴 병원 복도를 지나 의사에게 내밀고
환한 형광등을 켜고 보니
이 몸 어디에 있나!
저 검은 화상에 흰 가지만 보여
실로 저것이
나를 지탱해온 기둥이란 말인가
'뼈 있게 살라' 이르시던
어머님의 말씀이
내 몸 속 번뇌의 가지로 굳어
저렇게 나를 지탱해 온 것일까

낙화생 落花生

참 착한 친구가 이제
전원 택지를 마련하고
그 채마전에 땅콩을 심었다 했다
문제는 가을에 땅콩이 맺히지 않았다
땅콩은 지상에 꽃을 피운 후
그 꽃의 꽃줄기가 땅 속으로 들어가
땅콩 열매가 된다
그런 땅콩의 생을 전혀 알지 못한
친구는 두꺼운 검은 비닐로
두둑을 멀칭 했으니 땅콩 꽃줄기가
비닐을 뚫고 땅속으로 들어가지 못해 땅콩이 맺을 리 없었다
요즘 간 큰 여자가 자가용인 양
비행기를 후진 시켜 세상의 조롱거리가 됐다
그 땅콩이 문제였다
모든 콩은 땅에서 꽃이 피고 열매를 맺는다
그녀는 모든 콩 열매가
하늘에 맺히는 줄 알았으리

땅콩처럼 땅 속에서 낮게 숨어든 꽃이
땅콩이 맺힌다는 사실을
그녀는 꿈에도 몰랐을 게다
스스로 가장 낮은 곳으로
찾아 들어 삶이 되는 땅콩
하여,
그 꽃을 낙화생落花生이라 부른다

닭

일생이 서러워도 때 없이 울지 않았다
나라도 가난하던 육십년 대
시인 김수영은 4.19 혁명이 지나간
서울 변두리에서 닭을 치며 살았다
달보다 먼저 이불을 깔고
해보다 먼저 일어나
첫닭이 홰를 치는 새벽
지구같이 따듯한 봄날
오늘은 몇 개의 달걀
목숨보다 가만가만 한숨으로
달걀을 헤아리던 시인 김수영
'닭의 목을 비틀어도 새벽은 온다' 는
혁명의 봄날
거칠기만 한 세상사 잊고
아지랑이 춤추는 산골에서
닭이나 키우다 가고 싶은 봄날이다

Ⅱ. 함박눈에 나를 묻고

살구꽃

빚보증으로 신용불량자 된지 오래라는 친구가
문득 살구꽃길이 그리워 찾아왔다
지구에서 퇴출당하듯
신용할 수 없는 일상으로
살구꽃 흩날리는
소수에서 보천 가는 뒷길을
하염없이 묵언으로 걷는다
정분난 산꿩의 긴 울음에
살구꽃은 더욱 붉은 귀를 세우고 있다
자연은 어디에도 신용 있어
다시 천지간에 살구꽃 흩날리고
세상의 허물은 살구가
안고 가는 봄날
우린 낮술에 취해
살구꽃 흐드러진 춤사위에
신용불량 한 몸이 꽃잎처럼 흩날린다.

지와타네호

강원도 정선군 남면 유평리
느릅나무 아래 의자에 앉아
'쇼생크의 탈출'
영화의 끝 장면을 회상하고 있다
주인공 앤디가 아내를 살해한
누명을 쓰고 수감된 쇼생크의 교도소에서
탈옥을 치밀하게 준비하여
비오는 밤 마침내 탈출해
새 삶을 시작하기 위해 정착한
태평양 바닷가
'지와타네호'
기억이 멈추는 곳이란 뜻
나도 영화처럼
홀로 막잔을 털며
그렇게 찾아와 보는 곳
영화 '봄날은 간다' 의 한 장소였던
강원도 정선군 남면 유평리

민등산 자락
칠백 살과 육백오십 수령의
느릅나무 두 그루
나는 지금 눈 오는
유평리 느릅나무 아래
기억이 멈추는 곳
함박눈에
나를 묻고 있다

무덤

고향집 장독대를 내려다보며
울 밖에 나란히 누우신 부모님
무덤
장맛비 지나는 틈에
악착같이 키를 키우는 무덤의 잡초를 뽑으며
무심히
'무덤' 이란 말이 좋다
살아남은 자가 마지막으로 마련해 둔
기억의 집
소소하게 흐르는 생을 더듬어
시나브로
하나의 풍경으로
내 발이 붙잡히는
'무덤' 이란 말이 깊다

…하여 일생

갈매기는 왜 바다에서 살까?
꿩은 왜 산에서 살까?

…그리하여 일생

갈매기는 바다의 짠 눈물의 일기를
백사장에 쓰고…

꿩은 산울림의 깊은 메아리를
나무 나이테에 새기고…

전라도 길

친구의 딸을 출가 시키고 돌아오는
전라도 길
관광버스는 눈길을 뚫고 오다
잠시 멈춘 휴게소에서
헛헛해 하는 친구의 술잔을 받았다
삼십칠 년 전 그 친구 결혼식 날
나는 휴가 왔다 귀대하는 육군 일병이었다
우연히 버스 종점에서 친구 일행을 만나
고향에서 쥐어준 휴가 귀대비를
결혼 선물로 친구들과 함께 쌀통을 샀다
나는 예식장에는 참석도 못하고
부대로 복귀하는 버스를 타야했다
"친구야 니 첫 휴가 귀대하는 날
나 장가들 때 나 쌀통사라고 휴가비 다 주고 갔다 하더라
친구야 고맙다 니 착해서 복 받을 기라"
오늘 만남은 속절없이 흘러 구절양장九折羊腸 흰머리로
예까지 온 우리

청마의 해에 태어나
청마의 해도 저무는 섣달
휴게소 구석 트럭에는
어디론가 팔려가는 황소가
풀풀 나리는 눈을 핥고 있었다
동지섣달 꽃 본 듯이 지나온 전라도 길이다

동숙의 노래를 배우다

경상북도 문경 사불산 사불 부처님 찾아 갔다가
寺下村에서 들려오는 동숙의 노래를
사불산 사불 부처님께 배우고 왔습니다.

"너무나도 그 님을 사랑했습니다.
그리움이 변해서 사무쳤습니다.
원한 맺힌 마음에 잘못 생각했습니다.
돌이킬 수 없는 죄 저질렀습니다.
뉘우치며 울었습니다.
때는 늦었습니다."

사불산 사불 부처님 찾아갔다가
사불 부처님이 부르는
'동숙의 노래' 만 배우고 왔습니다.

파도

아내는 잠든
아들 녀석 귀청을 파주며
파도 소리를 넓혀주고

파도 소리는 뭍에서 따라온 시름
잊으라 잊으라
내 귀를 막아주네

지게를 지며

고향에서 모처럼 지게를 지고 들길을 나서니
어린 자식을 등에 업듯이
나는 너무 가벼운 짐만 지고 살아온 건 아닐까
한 짐 지게를 지고 시작하는 건 이렇다
양 어깨에 멜빵을 걸은 후
겸손하게 무릎 꿇고
땅에서 일어난다
세상에 무릎 꿇고 시작하는 일이
흔치는 않아도
한평생 농부였던 아버지는
일생 땅에 무릎 꿇고 시작하셨다
이제 내 무릎이 자꾸 저려옴은
세상에 무릎 꿇는 겸손함을 망각한
내 오만함이 아니었을까

無主庵

집을 나서면
어느 곳에도 있고 어느 곳에도 없는
무주암 가는 길
매미 한 철 우는 짧은 생이
나도 그와 같이 자꾸만 억울하다가도
천년의 느티나 은행나무나
그렇게 한철 살면서
가장 먼저 잃을 것은 말이었어야 하리
천지간 말을 걸어와도
대답해야 할 말을 준비하지 말았어야 하리
가고 오고, 오고 가고
우주에 집을 짓지 않는 바람은
그대가 나를 향해 오는
마지막 발자국 소리
매미 한철 칭얼대고 가는 울 안
대답해야 할 어떤 말도
바람은 집을 짓지 않네

쌍사자석등

엄마

왜 안 와

나 이거

내려놓고 가면 안 돼

엄마

나 저 숲으로 갈래

엄마

이거 내려놓고 가면

혹…

세상이 어두워질까

그럴까

엄마

* 국보 제6호인 쌍사자 석등은 속리산 법주사 팔상전 앞에 있는 신라 시대 석등이다. 아기 사자 두 마리기 배를 맞대고 죽을힘을 다하여 꿍지가 빠지도록 석등을 받쳐 들고 있는 해학적인 모습에 애처로운 생각이 든다.

꽃 난장에서

늦가을 설핏한 햇살 튀는
파장에서 꽃이 팔려간다
꽃들의 한 생이 팔려간다
드디어 그대 눈총 맞아
저 기죽지 않는 초롱함으로
천지간 정작 자신만 모르는
제 이름에 팔려
저요! 하고 자리를 털었다
꽃을 사는 나도
전생에 한번쯤 꽃으로 와서
그대의 눈총 맞고
팔려간 생이었을까?

그리운 제비

60여년 살림살이가 담박하다
언제부터인가 함께
알음알이의 허영으로
쌓여온 천여 권의 책이 덩달아
자리를 턴다
일생 내게 정직하기만 하여
내가 나를 바라보는 거울
술과 차를 번갈아 제 몸에 담았다
본래 자기 것이 아닌 주인에게 항상 다시 비워줘
가난하기만 한 주전자도 시름없다
날이 밝으면 햇살이 제 집 드나들듯 하여 해 저물도록 놀다가고
스물스물 어둠이 나리면 사위어서 아득한 별빛과 함께
아프게 팔을 벌려 온 누리를 껴안고 계시는 교회 십자가가 다섯 곳
그들이 나를 지켜주셨으니
홀로 문득 주검을 맞는다 해도
천국에 이르는 길은 무난하겠다 싶은
옥탑 방을 떠났다

지난 봄 집주인은 시답잖게 알고 허락도 없이

바람 잘 드는 동남간에

둥지를 짓고 내 말동무로 살던 제비 부부

다복도 하서 다섯 마리 새끼를 낳고

길러서 떠났다

그들은 이 추운 겨울 나를 잊고 강남에서 따듯할까?

혹여, 날 흥부쯤으로 알고

명년 봄에는 박씨 물고 찾아오는 것 아닐까?

겨우내 설핏한 햇살과 눈보라가 지나가는 거룩한 둥지

이깟 집! 쯤이야 하고

티끌같이 여기고 떠난

제비가 그립다

장다리꽃

마즈막재를 넘어서면 묵정밭에 삶의 저편에 희망처럼
장다리꽃 피어 있지
마즈막재를 넘어 충주 호수가 된 강을 끼고 돌면
제 얼굴을 호수에 담갔다가 해지면 거두어 드리는
아슬아슬하게 붙은 광산촌인 목벌 하노골
동양최대의 활석 광산 있었지
어릴 적 공마당에서 땅따먹기 할 때 금을 긋던 하얀 곱돌이지
지하막장 이천 미터에서 간드레 불빛에 파랗게 빛을 내는 활석을
캘 때, 세상은 온통 졸부들의 땅 투기 바람이 불었지
납골된 채석 버력이 쌓여가고 바람이 불때마다 마즈막재는 뿌연
먼지 속에 잠들었지
그 날 막장에서 나와 맞교대한 장씨가 꽃씨라며 한 봉지를 주었는데
그날 밤 장씨는 불발로 터진 화약으로
막장에서 꽃잎처럼 흩어졌지
그것이 홀아비 장씨가 세상에 남긴 유일한 유품이었는데
그 꽃씨를 마즈막재 언덕 묵정밭에 뿌렸더니
해마다 유월이면 마즈막재에는 장다리꽃 무덕무덕 피어 있지

Ⅲ. 환하게 감자꽃 피네

삼삼하다는

가끔 '삼삼하다'는 말을 떠 올릴 때
오늘 단오 봄날 끝 무렵
밤꽃이 주체 못하는 정분으로 벌을 유혹하고
호롱불을 켜든 감꽃도 속절없이 지고 난
단오 무렵 마을 언덕 늙은 밤나무에
그네를 매 놓으면 심심찮게 그네를 탈 때
먼 산에 뻐꾸기도 울고 산꿩도 까투리를 찾는
이맘때, 환하게 핀 감자꽃과
실한 몸이 흔들리는 황금의 보리밭
오늘 무량無量하게 내리는 볕을 바라보며
잠시 '삼삼하다'는
길 없는 길의 끝에서 주춤거려보는 생각뿐인지 몰라
오십년 전 그네를 타던 누이들의 휘날리는
치맛자락에 이는 바람인지도 몰라

연근 앞에 젓가락을 잃다

떨어진 단추를 달려
바늘에 실을 꿰려 애쓰다
바늘 귀 구멍이 가물 가물
포기하고 무심히 상에 놓은 단추 하나
엊저녁 반찬으로 사서 상에 올린
연근에 젓가락이 가다 멈추다
꽃이네!
연근 구멍과 단추 구멍이
나란하게 꽃으로 나투셨다
우주에 우리가 할 수 있는 것이 무한하다 해도
나는 일생 바늘귀 앞에서 헛손질하다
오늘은 꽃 같은 꽃밭에서
단추와 연근 앞에
내 젓가락이 길을 잃었다

환승버스에서

세상에 환승이라니요
돌아오셨다는 뜻 아닌가요
누가 다시 돌아오셨다는 뜻인가요
이 땅의 버스는 천상에서 돌아오시는군요

세상에 환승이라니요
그럴 수도 있다는 뜻인가요
우리는 매일 숨통을 조이는 가난을
버스에서 환승하고 있다는 것인가요?

까치꽃

어디선가 쫓겨와 숨은 듯
햇살 밝은 낮은 언덕
잔디밭에서 눈길을 붙잡는
까치꽃
가슴에 살아 있는
깊은 사람
이제나 저제나
가슴 졸여 온 소식
행여 그대는 아시는가?
두근두근
보라 꽃잎에
귀 열고
주소를 물어보네

순천만에서

길을 알고 떠난 이 누구인가
길을 모르고 떠난 이 또한 누구인가
갈대
그만이 갈 때를 아는가
바람은 자꾸 갈대의 등을 밀어
어디론가 가시라 하는데
갈대는
바람과 시비하지 않고
석양의 늦가을 비바람에
자꾸 가벼워지는 목을
일없이
바람 따라 세우고 있네

맨드라미

장맛비 내리는 출근길
매일 동행의 버스를 기다리던 자리에
그녀가 보이지 않는다
그녀가 서 있던 뒤편에 애기 손 같은
맨드라미가 차창으로 불쑥
비에 젖은 손을 흔든다
잠시 내 상상의 골에 장맛비가
차창을 닦는다
나는 이별하는 자리에서
맨드라미같이 저렇게
따듯한 손 내밀은 적 있었던가

허허 가뭄

인색해지신 하늘이
몇 달 째 비다운 비
주지 않으시니
태백산 고랭지 채소밭이
붉은 민낯의 볕에 뜨겁다
조를 갈았을까
수수를 갈았을까
긴 가뭄에 싹이 트지 않아
허허로운 밭
지레 겁먹고 새를 쫓으려고
허수아비 대신 지엄하게 모셔온 마네킹이
태백산 가이없이 넓은 밭을 지키는데
억울하고 측은해 보이다가도
태백산 산신으로 모신 것 아니겠냐고
내가 농을 쳐도
겨울 외투 속 마네킹
허허롭고 속절없이
가뭄에 하늘은 푸르다

쇠이유(seuil)

문턱이란 뜻이라 한다
세계 최초로 실크로드를 걸어서 횡단한
베르나드오리비가 설립한 비행청소년 교정단체 이름이다
프랑스에서는 소년원에 수감된 청소년을
프랑스어가 통하지 않는 다른 나라에서
3개월 동안 1600킬로를 걷게 한다
하루 17킬로 정도인데 그렇게 3개월을 다 걸으면 집으로 석방한다
지난 갑오년 음력 시월 보름에 한편의 시로 징검다리를
을미년 정월 보름까지 3개월 동안
스님들 동안거 수행 정진하는 그 기개로
3개월 시로 징검다리 놓아가며 문턱에 이르러 어제 본래 집으로
돌아왔다
지난 3개월
산을 만나면 길을 닦고
강을 만나면 다리를 놓았는가
오리는 물에 들고
닭은 홰대에 올라 여명을 알린다

먼 길

그 임을 처음 만나
설레는 그날로부터
해가 뜨고 달이 뜨는
온종일
그 임에게로 가는 길이 생겼다
그 임에게 다가가는 길
세상에서 가장 멀고~먼
여행

머리에서~가슴까지

나두

나두 그곳에 가서 하염없이
우두망찰 서 있었는데
충주 한반도의 중심에 우뚝 솟은 7층 중앙탑
경주 불국사 석가탑 다보탑
월악산 골미골 사자빈신사지석탑
오대산 월정사 마당에 팔각 구층 석탑
태백산 갈반지의 정암사 수마노탑
설악산 봉정암 진신사리석탑
지리산 화엄사 효대 사사자삼층석탑
속리산 마당에 팔상전 목탑
여주 여강 노을에 붉은 전탑
남원 실상사 다리 끝 석장승
영취산 통도사 참 편안한 진신사리탑
화순 운주사 신명나게 판 벌린 천불천탑
청도 호거산 운문사 처진 소나무
그들 앞에 하염없이 나두 우두망찰
서 있어 보았는데…

은행나무 까르르

부석사 가는 길 은행나무
은행잎이 한꺼번에
까르르 옷을 벗었습니다

지천으로 떨어진 은행을 모아
자루에 담는 일을 할 때
입담 걸은 할머니가
함께 시집와 늙은 친구에게

"아 자루 좀 잘 좀 벌려봐, 여자는
잘 벌리기만 하면 되는 겨"
"아이구 이 방정맞은 주둥이는 돼지면
입만 동동 뜰 겨"

이 말 들은
노거수 은행나무 잎들이
키득—키득— 웃다가
까르르 까르르
은행나무가 일제히 옷을 벗었습니다

마이산 귓대기에 오르며

이 나라 이 강산에
살고 간
만백성들의 모든 말씀을
귀로 듣고 있는
마이산
암마이산과 숫마이산
사이 계단을 오르는 내게
서늘한 골바람이 귓속말을 하네
이 땅에 태어나서
마이산에 한번 가거라
가서 들으라
저 기묘한 암봉에서
우리 할아버지의 할아버지의 할아버지들
그 살아 진실한 말들이
귀청처럼 쌓여 있는
마이산이라고
내게 귀띔하네

이 나라 이 강산이
우리들 얘기 다 듣고 있었다고
마이산처럼

리어카 좀 치워요

장날 장에 갔다가 갑자기 흩뿌리는 소나기를 피하려 얼떨결에 어느 집 처마 밑에 몸을 피하고 서 있었지요.

사람들은 난장에 갑자기 내리는 소나기로 황망히 짐을 챙기느라 경황이 없고, 온다던 사람은 오지 않아 처마 밑에 비를 피하며 소나기가 멎기를 기다리는데 집주인인 듯한 아줌마가 나와 버럭 소리를 치는 겁니다.

"리어카 좀 치워요!"

비를 맞으며 얼떨결에 어디로 치워야 할지 모르는 주인 없는 리어카를 잡고 당황해하는데 어디서 황급히 달려온 리어카 임자가 흠뻑 비에 젖은 머리로 고개를 조아리며 고마워하는 겁니다.

우리는 처마 밑에서 비가 멎기를 기다리며 눈길을 마주치다보니 그녀는 신혼 때 함께 세 들어 살던 행랑채 아주머니였습니다.

막연히 혼자 됐다는 풍문은 들었지만 이 조그만 도회지에서 이렇게 만날 줄은 생각지도 못했지요.

나는 지나가는 소나기가 참으로 고마웠습니다.

그녀는 얼굴을 타고 흐르는 빗물 때문에 눈가에 맺히는 이슬을 빗물처럼 훔쳐내고 우리는 비 그칠 하늘만 망연히 바라보고 있었습니다.

　그칠 줄 모르는 소나기에 우리의 삶도 후줄근하게 젖어가고 그녀
가 팔다 남은 수박무늬를 타고 거센 빗물은 흐르고 있었습니다.

　'정말 이 리어카를 어떻게 치워야 할까요.'

흰 고무신

거사님 술추렴 한번 하러 갈라요?

스님을 따라 희미한 산길을 한나절 고개를 넘어 가니 산 아래 마을에서 연기가 모락모락 피어오르고 있었습니다.

그 마을에 내려가 연기가 나는 집에 이르니 스님께서는 잠시 나를 울타리 밖에서 기다리라 하시는 겁니다.

스님은 웅성대는 몇 안 되는 마을 사람들과 얘기를 나누더니 방에 들어서고 시달림 염불 하시는 겁니다.

그러던 차 사립문 밖에 사잣밥상이 차려지고 아주 낡았지만 눈부시게 흰 여자 고무신이 놓여졌습니다.

임자를 잃은 고무신은 가을볕에 윤기를 받아 유난히 하얗습니다.

고무신은 사람을 神처럼 모시고 다니다 마침내 신이 되어 떠난 주인을 따라 대문 밖이 저승길인 사잣밥상 아래 다소곳이 주인을 쫓아 나설 채비를 하고 있는 듯합니다.

마을 아낙이 망연히 담장 밖을 서성이는 저를 불러 차려 내오는 술상을 받고 보니 술추렴은 제대로 온 듯합니다.

스님의 염불은 더욱 산마을에 낭랑하고 내 술잔은 한나절을 비우며 산그늘도 들어와 앉습니다.

해가 설핏해서 그 상갓집을 나섰는데 돌아오는 산길에 시월 보름 달이 참으로 속절없습니다.

　처사님 이 산길은 이제 임자가 없어졌습니다.

　홀로되신 어머니께서 초하루 보름이면 이 산길을 넘어와 부처님 뵈러 왔다고 삼십 년을 넘게 홀로 다니시던 길입니다.

　나는 어머니께 고무신이 닳으면 다시 흰 고무신을 사 준 것 뿐이지라.

Ⅳ. 산사에 연등 걸고

나이 먹은 비

시방
추적이는 겨울비를
나이 먹은 비라 하자
하여, 추적추적 투정으로라도
그대가 문득 보고 싶다
붉은 장미가 거친 소나기 끝에
꽃잎을 가시에 걸 때
가시만 남을
가을이 두려웠다
그대는 아는가
창밖 검은 아스팔트에
빗방울이 반짝일 때
빗물도 지상에 닿을 때는
마지막에는 울고 있다는 걸
그대가 보고 싶다는
나이 먹은 비의
눈물이라는 걸

무릎 꿇이로

丙寅生 호랑이띠로 생전의 아버지와 형님, 아우 하시며 지내시는
이웃 어르신께 병문안을 갔다
"자네는 책하고 평생 무릎 꿇이 하고 사는 사람이니
혹, 책에서 '빨치산' 얘기 본적 있는가?
난 말이야, 저렇게 앞산에 눈이 허옇게 쌓이면
연전에 그러니까 한겨울 지리산으로 빨치산 토벌 갔을 때
추위와 굶주림과 주검의 공포로
속옷을 찢어 항복기를 만들어서 마치 태극기처럼 흔들며 투항해
오던 빨치산들이 눈에 선해야
그들은 한동안 거제 수용소로 갔다가 어찌 됐는지 모르지만
그도 나같이 살아 있을까?
몇 년 전 우리 동네서 가을 놀이로 구례 화엄사엘 갔는데
아득하지만 그게 언젠가 와 본 듯한데
각황전 뒤편 언덕에 부처님 진신 사리탑을 보았을 때
연전에 내가 세상 아무도 모르게 나라한데 죄지은 그 장소였네
하얀 달빛 아래 둘이서만 무릎 꿇이로 서로의 반대방향으로 몸을
뛰었던 장소가

화엄사 각황전 뒤 부처님 진신 사리탑 앞이었다는 걸 알았네

내가 죽기 전 살아서 여길 다시 오다니 하고

부처님 한데 생전 첨 무릎 꿇고 절 했네

그날 밤 며칠을 잠 못 자며 추위 속에 밤이면 출몰하는 빨치산 쫓다

나도 그날 작전에서 대원과 낙오되어 에라 하는 심정으로

피곤해 뻗어 자다 깨어보니 별빛이 서늘한데

나같이 내 옆에 뻗어 자는 사람이 있었네

서로 놀라 깨어 우린 얼결에

서로 총구를 가슴에 맞대고 주저앉아

무릎 꿇이 하고 이마를 맞대고 약속했지

그 빨치산은 절 뒷산으로

나는 산 아래 절 마당으로

등이 서늘하게 반대방향으로 도망치기로 한 걸세

이맘때 눈 쌓인 겨울 산을 보면

마치 호랑이한테 잡혀갔다 살아 돌아온 날같이

그날이 어제 같아"

그(He)

그 오늘
육십년 전 갑오년 겨울
소한小寒과 대한大寒 사이
1955년 1월 16 일(갑오 음12월 23일)
지붕에 가난하게 눈 녹아 흐르는 물로
처마 끝에 위태롭게 맺힌
고드름 같은 고추로 몸을 받고 왔다
그 기쁘거나 아득하거나
자비무적慈悲無敵의 고드름에 얼비춰 지나가는 뜬 구름
그 구름에게 큰 멍석을 깔고
그 유有 형태로 제일 큰 바다이거나
그 무無 형태로 제일 큰 허공이거나
그 아직도
그를 위해 길 위에 목탁木鐸이 되어
막걸리 한 상 올리지 못했다
이제 어쩌랴
검은 것도 하얗게 묻혀가는

삼동의 겨울
 소경의 망발로 가꾼 빈 화단에
털썩털썩 탈탈 손을 터는
고드름의 낙화 소리
그 내 귀가 우는 것을 남이 알세라
탈속한 겨울
날마다 꽃 피고
날마다 꽃이 졌다

詩人

詩人은 수탉이 알을 품고

낮달이 흐르는

허허로운 허공을 바라보는 것이다

날벼락

애기가 없어졌어요!
애기를 잃어버렸다니까요!
잠결에 받은 낯선 전화
울먹이는 그 여자에게
나는 큰 인내심으로 상투적으로
사모님 저 애기를 잃어버렸으면 경찰서로 신고하셔야죠
제가 대신 이 번호로 해드릴까요
나는 이 무슨 큰 오지랖일까
야, 너는 애비가 돼서 걱정도 안 되냐
빨리 와야지…
예에… 제가 애비라뇨?
그래 똑순이, 똑순이 애비 아녀?
똑순이라뇨? 혹시 저 강아지?
그려, 푸들 암놈이 안 보인다니까!
나는 한 밤중 똑순이 아빠로
한참을 강아지 아빠가 안 되려고
전화 속 낯선 여자를 달래야 했다

은박지

물 한 방울이 영원히 물로 존재하듯
60년 전 이 땅에 천진불로
오셨다 가신
이중섭 화가
내가 몸 받은 60년 전
격동과 혼돈의 시대를
온몸으로 사투하다
39살에 영양실조로 생을 놓은
천재 화가, 국민 화가, 민족 화가
온갖 헌사의 수식어가 무색하게도
그 시절 나라도 구제하지 못한
지독한 가난
일본에 사는 가족을 향한 사무침
아내와 아들의 손을 잡고
소풍을 가자했던
그 아들에게 자전거를 사주겠다는
약속의 편지만 현해탄을 건넜다

그리고 홀로 맞은 쓸쓸한 주검
삶에 무심함이 붓 끝에서는
담뱃갑을 싸고 있는 은박지
한 장, 한 장에
오롯한 진실로 빛나서
이 세상 소풍 온 듯
그의 가족은 살아 있었다
가장 조선의 조선 남아 같았던
이중섭 화가
그의 전시회에서
나는 서울 하늘처럼 망막하기만 했다

'소' 장에 '말' 난 하루

턱숨을 몰아쉬며 절에 오신

노 보살님이 아이구 처사님 마침 계셨습니더

스님도 절에 안 기신다 카고 스님께서 처사님 모셔가면 될기라

했습니더

무슨 일 있으세요 보살님

아 오늘 삼식이 아재 늙은 총각 장가가는 날 아닙니껴 아 글쎄 주례

선상인가 뭔가 하는 사람이 오다가 개통사고 나뿌렀다 하오 그래 스

님께 전화했다 아닙니껴 대신 주례 좀 서라 했더니 스님도 없다 하고

아 빨리 그래서 처사님 가입시더

마을 회관에 퍼덕 가십시더

처사님 아 퍼떡 내려갑시더

참 대책 없는 다그침에 엉거주춤 마을로 내려갔다

사십대 노총각의 신부는 월남 여자

그래도 주섬주섬 근동에서 백여 명의 하객이 마치 날 기다리는

듯 했다

소 장에 말 난 놈 같이 낯선 마을 하객 앞에

졸지에 주례 단상에 오른 나는

신랑에게 마이크를 넘겨주고 물었습니다

오늘 결혼 할 신부와 어떻게 사시겠습니까?

여기 오신 하객분들께 말씀해 보십시오

당황한 듯 마이크를 잡은 신랑은 국민학교 웅변대회 나온 소년처럼 상기된 채 큰 목소리로

"저는 오늘 부터 신부를 애끼고 부모님한데 효도 하고 아들 딸 양껏 낳고 고향 지키며 잘 살 것 습니다"

나는 꼭! 그렇게 사십시오

여기 오신 여러분들 앞에 약속하신대로 꼭 그렇게 잘 사십시오

주례사 마치겠습니다, 단상을 내려오자

노 보살님은 내가 잘 모셨서라 처사님 주례 선상으로 최곱디다

이 술 한잔 받으시소

그날 산골 마을에는 질펀하게 모처럼 엇박자 나는 풍물 소리로

농악기는 묵은 쇳소리를 털었고

그 바쁜 가을 다람쥐도 산 아래 마을로 귀를 쫑긋 세우게 했습니다

삼강 주막에서

늘 홀로 가는 시내버스 투어로
오늘은 조선의 마지막 주막이었다는 낙동강 삼강 주막

다리를 건너는 시내버스에서
존 레논의 'Imagine' 노래가 흐르고 있다
가난한 겨울 햇살은 살얼음에 하얗게 불모로 잡힌 강을 건너간다

"상상해보세요 그곳엔 천국이 없어요
우리 밑엔 지옥도 없다고 상상해 보세요.
아무도 국가가 없다고 상상해 보세요
아무도 죽이지도 않고 죽지도 않죠
그리고 종교도 없죠
모든 사람들이 평화 속에서 사는 것을 상상해보세요"

오십년 전 영국에서 태생되어
젊음의 우상이었던 4인조 그룹
비틀즈

그 중 한 사람 존 레논
돈과 명예를 티끌같이 여기며
종교와 국가라는 틀을 벗어나라는 lmagine의 울림
乙未年 착한 양들의 해
으레 대통령서부터 명망 있는 지도자들이 신년사로 쏟아내는
번드르한 말들의 성찬
지킬 나라와 지킬 믿음과 지킬 재산이 없다면…

인간과 신의 교감을 전한다는 새
영혼의 전령사 철새가
길 없는 창공을 날아간다
저녁놀은 황홀한 술안주
삼강 주막에서
취한다는 건 거룩하다

착한 인연

가을 김장을 담그려 사온 배추에
배춧잎을 붙잡고 있는 달팽이가 따라왔단다
그 달팽이를 베란다에 모시고 갈 때까지 가보자는 심정으로
지금까지 동거를 시작한 여인이 달팽이 사진을 가끔 보내온다
배춧잎과 상추를 번갈아 먹이로 주며 달팽이와 새해도 동거중이
란다
새해 인사로 한층 커진 몸으로 상추에 매달린 달팽이 사진을 보
내왔다
달팽이는 날카로운 칼날 위를 기어가도 몸을 베이지 않는다
달팽이 몸에서 나오는 끈끈한 타액은 칼날을 거스르지 않는
고요한 우주의 떨림이다
달팽이와 그녀의 겨울은 따뜻할 테다
그녀와 달팽이의 알콩달콩한 찬란한 동거
봄이 오면 풀밭으로 다시 보내줄까
고민이 깊어간다는 십이월 열사흘 밤
만월滿月의 달빛이 찬바람을 가르고 있다

와蛙, 선생에게

숲에서 당신을 만날 때 기쁘다
한 마리 개구리가 되고 싶다
나도 당신처럼 살자 했으나
진실로 용감해 보지 못했다
일생 父母의 遺言을 잊은
황망함을 어쩌지 못해
不敬한 눈으로
눈물 많은 세상을 굴려보다
초탈한 몸
방향이 잘못 된 것을 탓하지 않고
용감하게 五體投止 하고
보는,
蛙… 선생
일생 펄펄한 기백이 부럽다.

戀人

당신은 사진작가입니다
봄이면 꽃이 되어 나비를 부르고
여름에는 장맛비 끝 무지개로 떠오릅니다
가을에는 단풍 되어 낙엽으로 가고
한겨울 폭설이 되어 순백의 평등으로 고요합니다
산에 가면 겸손한 나무가 되고
들에 가면 이 땅의 들꽃으로 핍니다
산문에 들면 풍경 소리에 귀 열고
성당엘 가면 두 손 모은 성모 마리아가 됩니다
당신의 렌즈 속에는
無言의 진실만 있음을 봅니다
당신의 렌즈는 오늘
우주 어느 곳에 눈을 맞추고 있습니까

具色

잔이 돌고
세월은 자꾸 거슬러 올라
세상 만남의 끝이 오늘만 같아라
간이 맷방석만큼이나 커진 옆자리 짝이었든
영자가 푸념한다
"야 그래도 넌 어엿하게 한자리 할 줄 알았다
이 촌동네에서 시나 쓴다고, 듣자하니 마누라 고생 좀 고만 시켜라"
"얘, 그런 소리 하지 마라 우리 동창 중에 명색이 시인 하나 있으면
具色이 맞잖아"
"그래… 시인 조오ㅎ치! 부도 날 일 없고…"
회사가 망한 착한 벗의 푸념에
일상 조여진 넥타이는 구겨져 풀리고
희미한 들길을 돌아서 오는 길
있는 듯 없는 듯
십일월의 하현달이 산마루에 잦아들어
저 달도 세상의
具色으로
떠 있는 것일까?

하늘 주막

저 산으로 가라하랴
전설 속에 먼 만리산
만리산 너머로 해지는 어스름을 털고
내일의 약속을 묻는 희망처럼
개인고개를 오르네.

목숨을 재촉하는 북소리 둥둥
저승길에는 주막도 없다는데…

성삼문이 찾으랴 하던
천상의 주막
만리산 귀때기에
하늘 주막 들어서면
오늘도 주모는 소탈한 눈웃음치네.
우리들 돌아 간 저 길
초승달을 물어뜯는
소쪽새가

하늘 주막에 내려와
술잔을 재촉하네.

강경 뜰을 지나며

어릴 적 가난한 이웃 떠꺼머리총각이나 머슴이
소리 소문 없이 마을에서 사라진 날은 뒤숭숭하여 수군수군
마을 사람들은 갱갱이 갔다 했다
그 말뜻을 잊고 지내다
내 흰머리 이슥한 겨울 저녁 기차를 타고 강경 뜰을 지나며
때마침 번지수도 누구네 논이라 구분할 것도 없이 퍼붓는 함박눈
이 내려
강경 뜰에 쌀눈이 고봉으로 쌓였다
참 삶이 별것도 아니게 한생
땅따먹기로 아옹다옹한 모습이
저 넓은 뜰에게 부끄러웠다
우리도 우주에서 지구로 아주 잠시
소리 소문 없이 갱갱이 왔다가
떠날 객이 아니겠냐고
흰 눈이 의미 없는 경계의 논두렁과 번지수를 지운다
우주의 대자비를 퍼붓는
폭설의 희열함이 아늑하게 쌓인다

V. 노을빛 치마폭에

고구마를 캐다

금강경 5213자를 호미로 쓰다
마른 바람 불어가는
텃밭에서
얽히고설킨
유모의 젖줄에 숨은
고구마
경전을 사경하듯
한자 한자
호미의 호흡이 멈춘 저리에
기기 미묘한 나한상으로
흙 속에서 나투시는

卽見如來… 如來… 如來

고구마를 캐다

운문사

청도 기차역 앞 추어탕 집에서
운문사 가는 버스를 기다리며
창밖에 내리는 비에 시름도 젖어가네
운문댐 깊은 물을 먹은 안개는
호거산 기슭에 몸을 낮추는 구름이 되네
소나무와 함께 늙은 느티나무가
스스로 일주문 되어 길손을 맞이하고
그 구름이 하늘 문 밖에 지은 절
운문사에 내리는 비에
무량無量의 번뇌가 시름없이 씻기네
그대 앞 는개비에
스스로 길을 닦아 가시라는 법열이네
운문사 절 마당에 해마다 스무 말 막걸리를
받아 드신다는 청정한 처진 소나무
한 겨울에도 애기씨를 안은 솔방울이
흔들리는 풍경소리에 솔씨도 적막이네
선방 댓돌에 가지런한 흰 고무신

빗소리 경전을 담아
금생에 되돌아볼 일 다시없는
정진精眞!
그뿐이네

살아 있었다

오늘 무료한 시간에 참나무를 소개한 글을 읽으며
참나무 종자를 따라 이름을 붙여준 조상님의 지혜에 무릎을 쳤다
짚신 깔창을 깔아 주는 신갈나무
가을 단풍이 기품 나는 갈참나무
흉년이 들면 들녘 보며 열매 맺고 피난가신 임금님 수랏상에 올
렸다는 상수리나무
어린잎을 떡에 싸먹었다는 떡갈나무
껍데기 골이 깊어 지붕을 이는데 유용하게 쓰는 굴피나무
도토리 알이 가장 작으나 도토리묵이 가장 맛있다는 졸참나무
독일에서 참나무는 산림에서 가장 유익한 나무로 이백사십 년이
되어야 벌목허가를 내준다고 한다
우리나라 산하에 참나무는 오십년 넘기지 못하고 벌채된다
실로 참나무가 많은 산은 숲이 풍성하다
참나무가 사는 숲에서는 온갖 잡목이 어우러져 함께 살아간다
송이버섯도 소나무와 참나무가 적당히 어우러진 숲에서 난다
생전에 법정스님은 마당가에 굴러와
싹을 틔운 참나무를 살기 적당한 곳으로 옮겨 심었다 하셨다

이 세상 참나무를 가장 많이 심는 자는

다람쥐라 한다

그는 가을에 부지런히 물어 나른 도토리를 땅속에 묻고 곧잘 잊어버리곤 한다 그러면 그중에 운 좋은 도토리가 싹이 터 각자의 인연대로 몸을 받은 참나무

오늘 충주시 소태면 오량리와 외촌 넘어가는 고갯마루에 신기하게도 거대한 참나무 있다

문득 그의 안부가 궁금해서 갔다

참으로 다행히 도로를 확장 하면서도

살아남아 눈 속에서 마치 날 기다렸다는 듯

어서 오시게, 마른 손을 쓱 내밀고 있었다

아버지를 찾아서

버스통학으로 학교 다니던 고교시절
아버지는 자전거를 사주셨다
"나중에 나 늙어 너 고향길 오거든 막걸리 사서 자전거 꽁무니에
싣고 오너라"
오늘 텔레비전을 보다 낙향한 노무현 대통령이 밀짚모자 쓰고 손
녀를 자전거에 태우고 코스모스 핀 들 길을 달리는 모습을 보았다
순간 나는 아버지와의 약속이 뇌리에 스쳤다
시인 신동엽의 어느 시 한 소절에
'황톳빛 노을 물든 석양, 신사가 자전거 꽁무니에
막걸리를 싣고서 삼십 리 시골길 시인의 집으로 놀러 가더란다'
고향의 가로수에 한세월이 즐거웠던 매미도 사라진 백로
들국화가 젖멍울 올리는 그 신작로 길을
자전거에 막걸리를 싣고 대통령처럼 갈 거나
아버지 누워 계신 동산을 찾아서

코끼리가 찾아왔다

방세를 올리겠다는 전화를 받고
잠든 밤 꿈에
코끼리가 찾아왔다
그때 전 세계의 안테나는
한국의 최초 여성 대통령의 탄생을 알렸다
그녀의 존재가
내 밥상에 숟가락 하나 놓아준 일 없지만
나는 조선의 여인처럼
물 한 바가지에 버들잎을 띄어 올리고 있었다
목이 타서 찾아 온
코끼리를 위해

외투

눈보라 사나운 밤
착한 벗 아내의 암 수술 걱정을 술잔에 풀어 놓다
헤어지고 돌아서는 길
금봉산 위에 파란 샛별이 맑다
목을 움츠리며 문득
지난 해동하는 봄날
이 도회지 어느 세탁소에서 맡겨진 채로 겨울을 맞아
주인을 기다릴 외투를 생각해 본다
고골리의 '외투' 소설 속 주인공 아카키 아까키에비치가
일생 처음으로 어렵게 외투를 맞추어 입고
우쭐하는 마음으로 퇴근하다 외투를 날치기 당하던
그 어둡고 추운 밤
一生을 날치기 당한 그 통한으로 주검 맞고
밤이면 외투를 찾아 유령이 되어 나타나는 주인공처럼
아무래도 이 겨울
기억 속에 가물한 외투의 행방을 거리의 유령처럼
쫓다 그러다
속절없이 봄을 맞을 듯하다

부석사를 오르며

부석사 안양루 가파른 계단을 힘겹게 오르는 도반에게
"언니 고개를 숙이고 앞으로 가야 혀"
조선 땅끝 마을 토말에서 출발하여
세계에서 가장 끝에 있다는 마을
노르웨이의 함머르페스트란 도시까지
걸어서 가면 그 끝에
부석사 아미타 부처님같이 염화미소로
어서 오시게 하고
가냘픈 숨 새처럼 할딱이는
그녀의 등을 다독여 주실까
53 선지식을 찾아 나선 마지막 날
선재동자처럼
걸어서 걸어서 극락세계 문턱을 넘는
부석사 아미타 부처님 앞에
삼천불 삼천 배로
일원상一圓相 하나 남기는 일
살면서 그뿐인지도 몰라

그 날로 돌아가고 싶다

마당에는 서설이 풀풀 내리고
산고의 진통으로 용을 쓰는 소
바우의 해산을 위해
아버지와 어머니는
깊어가는 겨울밤 외양간에 호롱불을 밝혀
바우의 산고로 함께 가슴 졸였다
마지막으로 희떻게 큰 눈을 번뜩이며 괴성 끝에
털썩 떨어진 송아지
어미 소는 산고의 진통도 잊고
뜨거운 김이 모락모락 오르는 송아지를
혀로 핥으며 눈을 뜨게 했다
아버지는 외로 꼰 새끼 금줄禁줄에
헌 고무신, 숯, 솔가지를 대문에 걸어
외인의 출입을 금하여 부정을 막고
또 한 식구의 탄생을 세상에 고告했다
밤새 서설이 쌓인 마당에는 어느새
송아지 발자국이 어지럽게 콕. 콕. 콕. 찍혀 있었다

그날 바깥 사랑방에는 마을 사람들에게
질펀한 막걸리 순배가 돌아갔다
서설이 나리는 오늘 나를 위해
어머님 배가 아팠던 날
그 겨울밤
눈 위에 찍은 송아지 발자국처럼
나 그날로 돌아가고 싶다

노을 치마

아내에게 편지를 쓰고 싶다
다산 정약용은 아내가 시집 올 때 입고 온
하피霞帔 노을 치마를
유배 생활 십년 만에 아내가 다시 보내온
그 치마를 잘라서 아내와 아들에게
시와 편지를 써서 보냈다
낯선 바닷가 강진 유배지에서
삶은 호랑이가 사막에 살고
코끼리가 히말라야 설원에 살듯이
주막집 주모가
호랑이를, 코끼리를 거두듯
강진만 밀물과 썰물이 자장가로
다산의 머리맡에 뒤척이며 신산한 세월이 갔다
유배지로 십년 만에 아내가 보내온
노을 치마는
나를 잊지 말아달라는
늙은 아내가 보내온

조선의 가장 크고 애틋한 戀書였다

다산은 죽기 사흘 전 생에 마지막으로 '회혼시'를 쓰고

회혼일 아침에 생을 마감했다

"복사꽃 화려한 빛은 봄 빛 같구려.

　　… 중략 …

이 밤 목란사 소리 더욱 좋고 그 옛날 치마폭에 먹자국
은 아직도 남았소."

— 회혼시에서

나도 저녁이면 하늘이 펼쳐주시는 노을 치마에

보낼 수 없는 회향廻向 연서를 쓰고 있습니다

---

* 목란사 : 중국 남북조 시대에 지어진 장편 시로 여자 영웅 화목란花木蘭이 몸과 마음을 다하여 효도
했는데 아버지를 대신하여 남장을 하고 전쟁에 나가면서까지 집안을 지키려 하였다. 화목란이 전쟁에
지낸지 십년 되는 해에 전쟁이 일어났는데 그 전쟁에서 공을 세워 금의환향하였다. 그때서야 사람들은
목란이 여자임을 알게 되었다. 다산은 긴 유배 생활 동안 아내가 자신을 대신하여 가정을 지킨 고마움
을 중국의 시 목란사를 차용하여 읊은 시다.

늙은 꽃

꽃에게 나이를 묻는다면
영원히 처음부터
한살에서 또 한살이었으리
세상에 늙은 꽃이 있으랴
구월의 끝 날
저 오누이 같은
꽃 앞에 눈감고
상념에 깊나니
꽃의 나이를 묻지 않기로 한다

수국

우린
그대를 사발꽃이라 불렀다
사월 초파일
가난한 산사에 연등이 걸리고
아득한 들녘에
풋풋한 보리가 실한 몸을 흔들 때
만삭의 아낙이 배를 추스르고
실배미 논두렁을
가래질하며
잠뱅이 걷어 올리는 장정들을
그윽한 눈길로 바라보는
햇볕만 가득한 울안에
고봉으로 배가 부른
사발꽃

라면에 계란을 넣으며

요게
무슨 희망처럼
둥글게 둥글게 태어나
개나리 울타리 숲을 잃고
냉장고 안 인공의 집에서
무슨 침묵의 순서를 기다리다
이윽고 따스한 내 손에
안기는 절정
탁!
냄비 속 끓는 물에 흩어져
개나리 꽃잎으로
떠 있는
오후

冬天의 바다에서
— 未堂 詩人을 추모하며

詩人의 한 생이
겨울에는 눈처럼 세상을 하얗게 열고
신 새벽 세계의 고산 이천 봉우리를
오르시던 未堂
2000년 크리스마스이브 날
당신의 永眠 소식을 눈 나리는 저녁
작은 포구 객창에서 듣습니다
검은 파도에 삼켜질듯 아슬아슬한
누이의 눈썹 같은 그믐달을
冬天을 비껴나는 갈매기를 봅니다
未堂의 마당에서
이 땅의 꽃이었다가
이제
冬天으로 가시는 길
몸 녹이고 가소서
술 한 잔 올립니다

心

고즈넉한 산사의 채마전에
고추, 가지, 오이, 호박, 상추, 쑥갓, 아욱
심다가
허리 펴며 손 얹고 바라보는
청산
물오르는 산색이
봄바람에 부드러운 허리를 비트네
산꿩이
꿩! 꿩!
묻네
"네 마음은 어디에 심었느냐?"

무섬마을 끨룩새를 찾아서

임연규 | 시인

1. 所以然하다

하늘 天 땅 地로 시작해서 언재호야焉在呼也로 끝나는 천자문을 초등학교 4.5학년 뜻도 모르고 배울 때다. 뒷산에 절을 짓고 주석하시는 스님이 우리 집 사랑에 서당을 열었다. 학동은 상급학교 진학을 여러 사정으로 포기한 마을 청년과 이웃 마을 떠꺼머리총각들이었다.

어느 집단이나 악동이 있듯이 한 형은 어디서 구해 오는지 가끔 만화책 몇 권을 가져와 돌려보곤 했다. 나도 어쩌다 운 좋게 그 만화책을 부모님 모르게 빌려 보곤 했다. 그러던 어느 날 지금도 기억에 생생한 '다람쥐 삼형제' 란 만화책을 보다가 이제까지 보지 못한 내용의 글을 읽게 되었다.

접동
접동
아오래비 접동.

진두강 가람가에 살던 누나는
진두강 앞 마을에
와서 웁니다.

옛날, 우리나라
먼 뒤쪽의
진두강 가람가에 살던 누나는
의붓어미 시샘에 죽었습니다.
　　　　　　　　　　　　　—「접동새」 중에서

　처음으로 대하는 낯선 문장이고 뭔가 가슴을 찡하게 하는 신비한 글이었다. 이게 도대체 무슨 글일까? 나는 만화를 보는 것이 금기시된 정서에서 용기를 내어 서당에 내려오신 스님에게 여쭈어 보기로 했다. 마을 사람들은 그 스님이 서울에서 교수를 하시던 분이라 했다. 만화책을 펴들고 스님에게 여쭈었다. 스님은 기특하다는 듯 빙그레 웃으시며 설명을 해 주셨다.
　이 글은 시라 하는 것이고 김소월 시인은 자기와 비슷한 연배의 시인이셨고 젊어서 죽었지만 아주 훌륭한 시인이라 하셨다. 그때 나는 스님께 나도 나중에 이런 글을 쓰는 사람이 되겠다고 말했다. 그때 스님은 묘한 웃음을 지으시며 내 머리를 쓰다듬어 주셨다.
　언감생심 시가 뭔지, 시인의 길이 뭔지도 모르고 그 말의 길을 따라 걸었다. 그렇게 50년을 어쭙잖게 시원찮은 시를 쓰며 예까지 터무니없이 시를 찾아온 둔재鈍才의 길이 所以然하다.

　2. 길 위에서

114

길을 나선다. 주말이든 평일이든 나는 일상 시간이 허락하면 길 위의 나그네가 된다. 그래서 내 삶의 시는 길 위에서 쓰여진다.

일정한 목적 없이 시내버스 투어로 발길 닿는 대로 시간이 허락하는 대로 낯선 이 땅의 산하를 눈에 담으며 간다. 당장 소득과는 무관하지만 길 위의 흔적들이 가슴에 살아 후일 생성하는 대부분의 시가 길 위의 날들이다.

오늘은 영주 무섬마을 앞 내성천 모래밭에 살고 있다는 꼬마물떼새를 만나러 간다. 어릴 적 마을 앞에 그리도 많았던 새. 그 '낄룩새'를 찾아 설레는 마음으로 길을 나선다.

낄룩새, 까마득하게 잊고 있던 새. 그 새가 이제는 전 세계적으로 만 마리 정도 살고 있다 한다. 그 새를 만나러 무섬마을 내성천으로 가는 나는 오늘도 길 위의 나그네다.

어릴 적 고향 앞마을 흘러 달래강으로 합류하는 음성천은 백사장도 넓다.

지금은 사라진 조개(재첩)는 흔하기만 하였다. 물놀이하다 집에 돌아갈 즈음에 잠시 수고하면 올갱이(다슬기)와 조개(재첩)가 고무신에 가득하도록 주워 집으로 돌아가곤 했다.

그때 모래밭을 다리가 보이지 않도록 빠르게 돌아다니던 새가 있었다.

모래밭에 조그만 모래구덩일 파고 잔모래와 자갈 등으로 모래가 흘러내리지 않도록 모래벽을 쌓아 기막히게 예쁜 집을 짓고 알을 낳고 새끼를 부화하던 낄룩새다.

그때도 늘 궁금했었다. 여름 들어 첫 큰물이 나가면 모래밭 지형은 우리가 놀던 모래 발자국도 흔적 없이 지워지고 덩달아 큰물에 쓸려간 모래집이 없어지면 그 새는 어디서 살며 잠을 잘까?

모래밭에 그 새집을 발견하면 동무들 한데 자랑하며 내가 맡은 새집으로 인정받았다.

그 낄룩이를 만나러 충주역으로 설레는 발길이 빠르다.

오늘은 또 뜻밖에 어떤 상황이 나를 기다리고 있을까?

길을 나서는 일은 스스로 도인道人이 되는 것이다.

충주에서 9시 23분 출발하는 기차에 기대어 하루 일정을 그려본다.

　'무섬마을과 낄룩새'

스치듯 지나는 창가에는 벚꽃과 진달래의 향연이다.

저 벚꽃은 새들이 벚나무 열매를 따 먹은 씨로 이산 저산 옮겨 다니며 떨어트린 씨가 시절 인연 잘 만나면 자연 발아가 되어 자란 벚나무들이다. 꽃이 필 때 이 땅의 산에서 존재 가치를 알리는 벚나무들이 한바탕 꽃잔치로 환하다.

산에 저절로 자라서 자리한 벚꽃은 화폭 가득한 동양화처럼 더욱 화사하여 감상하는 눈이 요사이 며칠 호사스러울 때다.

기차는 거침없이 소백산을 터널을 빠져 인삼의 고장 풍기 땅을 지나고 있다. 기차는 어느새 텅 비었다 아스라이 흐르는 소백산 준령에 풍기와 영주를 잇는 넓은 평야가 아련하다. 선비의 고장이란 영주, 은은하게 따뜻한 봄볕에 튀는 아지랑이와 넉넉한 들녘이 평화롭다.

동대구를 새벽에 떠나 대전을 거쳐 충북 땅을 종주하고 달려온 기차가 마지막 영주역에 멎는다. 기다리는 사람 없는 종착역이다. 허나 오늘은 목적지가 뚜렷하니 발걸음이 가볍다.

무섬마을과 낄룩새가 날 기다리고 있지 않은가?

영주역에서 시내버스를 타고 정류장에서 갈아탄 버스는 불과 이십 분 만에 벚꽃길을 달려 목적지인 무섬마을에 도착했다.

무섬마을 다리를 건너니 진달래 벚꽃으로 무섬마을 앞을 흐르는 내성천이 은은한 연분홍 꽃바람에 흔들리는 산경이다. 우선 돌아갈 차 시간을 확인하고 다리를 건너보기 위해 강변 모래밭으로 향한다. 눈이 즐거운 다리다. 얕은 여울물을 따라 두꺼운 송판으로 나란히 깔아 놓은 다리는 건너는 사람에게는 긴장감을 느끼게 한다.

어느 팝송의 노랫말처럼 '험한 세상 다리가 되어'라는 용도로는 영 불편하다. 농촌 마을 앞에 농사용이 아니라 이벤트 같은 관광용으로 눈이 즐거운 다리다. 한눈팔지 말고 평형을 유지하고 가라는 평상심을 일깨워 준다.

어릴 적 가을이면 온 마을 사람들은 공동부역으로 나와서 섶다리를 놓았다. 이틀에 걸쳐 놓은 다리는 이듬해 단오절에 철거되었다. 그러다가 어느해부터인가 이 내성천 다리같이 송판을 깔아 편한 다리로 바뀌었고, 후일이른바 잠수교로 교량이 놓이면서 가을이 되면 다리를 놓는 연중행사에서손을 씻게 됐다. 몇 년 전에는 4대강 사업으로 잠수교도 철거되고 아주 거창한 다리가 놓였다.

이런저런 생각을 하며 낄룩새를 찾아 내성천 모래밭으로 발길을 옮겼다. 헌데 기적같이 불과 몇 발자국 가지 않아서 내 눈을 의심케 하는 움직임이모래밭에서 분주하다. 멀리서 보니 바로 그 낄룩새다. 최대한 가까이 보고싶어 백사장을 느릿느릿 거닐며 낄룩이를 따라 백사장을 거닐었다.

혹여 있을까. 낄룩이 집을 찾아 지향 없이 모래밭을 서성였다. 낄룩이는새끼를 부화하기 위해서 알을 낳기 위한 집을 모래밭에 짓는 새다. 지금은이른 봄이니 낄룩이 집을 만날 수 없는 때다. 오늘은 낄룩이를 만나 해로한 기쁨만 해도 한없이 마음이 뿌듯하다.

　　　가슴에 가끔 덧없이 그리움이 일 때
　　　가장 낮은 곳 사바의 느린 발목을 잡는 모래밭
　　　영주 무섭 마을 내성천에 가라.
　　　우리는 어차피 타인으로 하늘 위 구름처럼
　　　무주공산, '무섭無閃'에 살고 있다. 가서
　　　전 세계에 이제 만마리 정도가 남아

날마다 내성천 모래밭에 모래알 같은 편지를 쓰고 있는
흰목물떼새, 그 새를 찾아보라.
사람은 누구도 짓지 않을 모래밭에
세상에 가장 낮게 집을 짓고 알을 낳으면
우리는 그 모래집 새알을 찾아 모래밭을 뒤졌다.
용케도 우리 눈을 피해 첫 장마 전 새끼를 부화시키면
그 새끼를 쫓아 다니던 우리의 발도 빨랐다.
첫 장마지는 황톳물에 속절없이 집을 잃고도
그 물 길 낮아지고 다시 모래밭이 드러나면
어느새 자라 가녀리고 가녀린 몸으로
눈이 어질하도록 바쁘게, 빠른 발로
모래밭에 지금도 난세의 일기를 쓰고 있는 낄룩새.
이제, 생각느니 그대가 지은 모래 집에
따듯한 숟가락 한번 놓아주지 못한 채
첫 사랑 같이 아프게 잊혀졌던 낄룩새.
내성천에 놓인 다리를 오작교 삼아 한 생
그님이 오시길 기다리는 걸음만
그대처럼 아직도 덧없이 바쁘다.
이제사 돌아와 헐렁하게 빠져나간 세월 끝자락에
오늘 그대를 찾고. 그 사랑을 만나
그대 빠른 걸음을 쫓는 눈이 망막하다.
더러는 벗들 몇이 그대 빠른 발을 쫓아 가서. 가긴
어디로 간 것일까?
혹여 오늘 그 벗들이 환생해서 지은 집을
내가 찾고 있을까. 하여

시방 내 느린 걸음을 재촉하는가?
그러하신가?
낄룩새…

—「낄룩새」 전문

3. 歸居來事로 하여…

낄룩새를 만났으나 그 집을 찾는 것은 후일 여름을 기약하고 뿌듯함을 안고 다시 모래밭을 벗어나 무섬마을로 들어서서 고즈넉한 골목길을 따라 고옥을 순례하고 있다.

이쯤에서 나그네에게 옛 주막집 같은 집 만났으면 하는 때에 삽작에 주마등이 있는 허름한 목로가 있고, 정겨운 툇마루에 막걸리와 전을 파는 집을 만났으니 오늘은 청복의 날이다.

반가운 마음에 술을 청하니 젊은 여인 둘이 나와서 반긴다. 얼핏 보니 자매 같다. 손님 맞는 폼새가 장사에 서툰 순박한 여인들이다. 혼자 술을 두 잔 마셨을 때 한 사람이 동석을 청한다. 나보다는 조금 연배인 듯해 수인사를 하고 술을 권했다. 아내가 환갑이라 가족들과 봄나들이 왔다한다. 가족들은 다리를 건너보기 위해 가고 다리가 불편한 그가 홀로 남아 나와 마주 앉게 됐다 고향이 영주 시내라 하며 평생 목수 일을 했다고 했다. 술잔이 서너 순 바쁘게 오가니 이번에는 당신께서 술과 안주를 다시 청한다.

'술은 인정이라' 무섬마을을 순례하다 어느 고택 앞에 안내판을 읽다 보니 뜻밖에 조지훈 시인의 처가라 한다. '술은 인정이라'는 조지훈 시인의 명수필이 생각난다. 시인은 1.4 후퇴 때 기차를 타고 이틀을 달려 다다른 곳이 대구 근처 어느 역이었다. 피난길에 잠시 멈춰선 역, 밥을 준비하는 한쪽에서 시인의 눈을 번쩍 뜨게 하는 장면이 있었다.

노신사 한 분이 그 와중에 여인이 따라주는 술을 젊잖게 마시고 있었다. 시인은 반가운 마음에 성큼 다가가 술을 청하니 조용히 미소를 지으며 여인이 술 한 잔을 주더란다. 한 잔을 더 팔라고 하니 여인이 웃으며 "이 술은 파는 술이 아니고 글쎄 저분이 피난 나오면서 다른 것은 다 필요 없고 술 여섯 고리만 챙겨 가자며 피난길을 떠났다"며 부산 가기 전에 술이 떨어질까 걱정이라며 입을 가리고 웃고, 노신사는 먼 산만 바라보더란다. 그 전쟁 통 피난길에 술만 챙겨서 떠나 왔다는 신사와 여인.

가끔 꿈에 그리듯 나도 그런 로망을, 낭만을 꿈꾼다.

술은 그런 것이다. 내 돈 내고 술 안 먹는다고 화를 내고 공짜 술 얻어먹고도 터무니없는 시비도 하니 술이 주고받는 인정이다.

무섬마을 조지훈 시인의 처가 마을에서 그의 수필을 떠올리며 술맛을 돋운다.

조지훈 시인의 고향이 재 너머 영양이니 가까운 명문가끼리의 혼사라 할 수 있겠다는 짐작도 간다.

4. 웬수는 어따 떼놓고 왔수

아들이 취업하고 첫 월급을 타서 보내온 용돈을 받고 처음으로 해인사를 갔었다.

성철 스님이 주석하시던 해인사 산내 암자인 백련사를 찾아오는 신도에게 나를 만나려거든 삼천 배를 하고 오라는 그 삼천 배도 하고 그 의미를 알고 싶었다.

과거 삼천 배를 몇 번 해보았다. 절을 하면서 방아깨비처럼 절을 하는 이

놈은 어디서 왔는가?

　그리고 자기의 병마를 잊고 가냘픈 몸으로 기약 없는 노모의 병 수발을 하는 道伴이 싱싱한 몸을 되찾아 오래오래 함께 이 하늘 아래 숨 쉬게 해 달라 기도했다. 그 도반의 존재가 내 일상의 향기로운 활력소가 되고 있다. 그 도반도 예술을 하는 처지로 같은 곳을 바라보고 있으니 든든한 버팀목이다.

　가야산의 깊은 가을이 홍제동 계곡에 붉게 잠겨 있었다.

　그날 해인사를 떠나 버스투어로 합천에서 출발해 대구, 상주를 거쳐 문경에 이르러 문경새재 과거길을 걸어서 넘기로 했다.

　막걸리를 배낭에 챙기고 영남 선비의 과거길 새재를 오르다 어디쯤 앉아 홀로 막걸리를 마시는데 여인 몇이 와자하게 막걸리를 마시고 있는 한적한 계곡을 지나며 경상도 억센 억양으로 한마디 내게 툭 던지고 가는 말이다.

　세상 인류의 반은 여인이다. 그 반쪽이 내게는 저 고개 넘어간 파랑새가 된 지 오래다. 그 반쪽을 잃고 살아간다는 것이 인연을 맺은 모든 이에게 죄송하고 고인이 되셨지만, 아버지에게 늘 부끄러웠다.

　모든 만남은 이별을 전제로 하고 있다 해도 그런 상황은 타인의 일로 알고 있었던 현실에 오랜 시간 현실을 긍정하기까지 많은 날이 흘렀고 그 빈자리를 詩가 카르마로 따라오고 있다.

　　　내 니 맘 다 안다
　　　글을 쓰던 밥을 하든
　　　남의 담 넘겨다 보지 말고
　　　때 되면 내 집 굴뚝에 연기 올려라
　　　나는 한평생 농사꾼으로 팔순이 넘었다.
　　　너는 명색 시인이라면 알기라

시 한편이 농사라면

나는 콩 한포기가 한해 농사였니라

콩 심은 데 콩 나는 기라

시인이면 시나 써라

세상 많은 사람 알고 살 필요가 있느냐

꽃이 향기로우면 저절로 나비가 찾아오지 않느냐

너를 위해서

詩를 써라

—「아버지」 전문

봄볕이 모래밭에 이글거린다. 먼 시야에 낄룩새가 종종걸음을 친다. 저 새집을 찾아 모래밭을 헤매던 동무들 몇은 이미 불귀의 객이 됐고 나는 남아 오늘은 여전히 빠르기만 한 낄룩이의 종종걸음을 좇고 있다.

혹여 그 동무들이 문득 낄룩이로 기억 속에 나를 일깨워 이곳에 오게 한 것은 아닌가?

새는 이승과 저승을 교감케 하는 영혼의 전령사라 하니 '낄룩이' 그렇게 오늘 하루 나를 부른 것인가? 해금의 명인이면서 '창부타령' 하나로 소리 세계의 전설이 된 '전태웅'의 소리가 막걸리에 흥얼거려진다.

소리가 곰삭고 익을 대로 익어 자득한 그 유장한 소리, 그 자유인의 소리처럼, 내 시도 그렇게 자연스럽게 곰삭고 곰삭아 아무렇지도 않게 읽히는 노래가 되길 꿈꿔 왔으나, 아직도 아니 영원히 내 시는 거친 쇳소리다.

8년 만에 시집을 내려 하니 마음이 혼란스럽고 막연하다. 시집을 준비하며, 여기저기 발표하거나 발표하지 않은 이백여 편의 시들이 집 나간 자식처럼 방황하는 듯하다.

이제 장삼이사張三李四 그들을 위해 시의 집 한채 마련해 주는 일 아닌가.

헌데 이 재목들이 왜 이렇게 부실하기만 한가.

충북문화재단에서 창작지원자로 선정 받은 늦겨울부터 주춤거려 오다 어느새 들녘은 벼들이 겸손하게 고개를 숙이고 있다. 모시레들을 지나 출근하는 요즘 올해는 유난한 폭염 속에 새벽 들녘에 벼꽃 향기가 구수하다. 어릴 적 사랑방에 풋바심으로 털어 놓은 벼를 말릴 때 나는 구수한 냄새 실로 얼마 만에 느끼는 상큼한 향기인가.

새벽길을 나서 도라지밭에 제초 작업을 한다. 도아지道我知 깊은 산중에 스님들이 공부하다 짬을 내어 도라지를 캐서 식용도 하고 장날이면 도라지를 팔아 식량을 마련해서 공부를 했다한다. '도아지道我知'도를 알고, 나를 알고, 돌아가라는 도라지 꽃밭에서 게으른 이 시집을 준비한다.

鈍才의 시가 부끄러울 따름이다. 처음 접동새 시를 운명처럼 만나고 50 년이 흐른 오늘, 유년의 강변에 살던 낄룩새를 찾아 온 白首의 사내가 무섬마을에서 펜을 놓는다.

미당문학 시인선 03

노을 치마

ⓒ임연규, 2016, Printed in Seoul, Korea

초판 1쇄 인쇄 | 2016년 10월 21일
초판 1쇄 발행 | 2016년 10월 26일

지은이 임연규
펴낸이 김동수
편 집 쏠트라인
펴낸곳 미당문학사

등 록 제 2016-000003호
주 소 전주시 덕진구 호성로136, 209-1202호
전 화 063)223-3709, 010-6541-6515
이메일 midangmh@hanmail.net

ISBN 979-11-85483-0-9 03810

이 도서의 국립중앙도서관 출판예정도서목록(CIP)은 서지정보유통지원시스템 홈페이지(http://seoji.nl.go.kr)와
국가자료공동목록시스템(http://www.nl.go.kr/kolisnet)에서 이용하실 수 있습니다.(CIP제어번호: CIP2016024709)

충북문화재단
Chungbuk Cultural Foundation 이 시집은 2016년 충북문화재단의 창작지원금 일부를 지원 받아 발행하였습니다.